AF440322

DISCOURS

POUR

LA PROFESSION DE DEUX RELIGIEUSES

PRONONCÉ

A L'HÔTEL-DIEU DE PARIS

Le 22 septembre 1817,

PAR M. L'ABBÉ SIRET.

Non est hic aliud nisi domus Dei et porta cœli.
GENES. 28° 17°.
C'est ici véritablement la maison de Dieu et la porte du ciel.
GENÈSE, Chap. 28, v. 17°.

JACOB, sortant d'un sommeil mystérieux pendant lequel il avoit vu cette échelle plus mystérieuse encore qui lui avoit présenté l'étonnant spectacle des Anges qui montoient au ciel et en descendoient, Jacob consacre au Seigneur la pierre qui lui avoit servi de chevet, et s'écrie : C'est ici la maison de Dieu et la porte du ciel.

Quel rapport, direz-vous, entre ces paroles et l'auguste solennité qui nous rassemble ? N'est-ce pas une allusion ou un rapprochement de ce texte avec le nom de *maison de Dieu* que porte ce temple consacré à la charité ?

Loin de moi, M. T. C. S., d'avoir recours à l'imagination, lorsque tout nous rappelle ici ce que la piété a de plus touchant, ce que la religion a de plus sublime, ce que la charité a de plus héroïque ! Les pierres de cet édifice ne sont-elles pas toutes consacrées à cette excellente vertu ? l'onction de l'Esprit-Saint ne s'y répand-elle pas de toutes parts ? n'y avons-nous pas l'imposant spectacle de vierges saintes, d'anges terrestres, occupées à en parcourir tous les degrés pour soulager et consoler les malades, ces membres souffrans de Jésus-Christ ? et, au moment où vous allez promettre de vous y vouer jusqu'à la mort, ne puis-je pas, pour vous affermir dans cette sainte résolution, vous dire: Cette habitation que vous choisissez, est pour vous la maison de Dieu; elle est de plus la porte du ciel, *Domus Dei et porta cœli?* N'est-ce pas dans ce peu de mots réunir tout ce qu'une vierge hospitalière a de consolation à posséder sur la terre, et de grandeur à espérer dans l'éternité? Elle habite ici-bas la maison de son Dieu, *domus Dei*, et elle aura son palais dans le ciel, *et porta cœli.*

Telle doit être votre vocation, M. T. C. S., et telle doit en être la récompense. Mais n'en est-il donc pas à goûter dans l'exercice de la charité? N'a-t-elle pas ici d'avance ses attraits et ses charmes? La vie religeuse ne vous laissera-t-elle que l'espérance des fruits à recueillir pour l'éternité?....

Rassurez-vous, M. T. C. S., et vous, Chrétiens, aujourd'hui témoins de la noble victoire que ces âmes privilégiées remportent sur le monde, ses plaisirs et ses biens. En renonçant à la nature et à ce qu'elles ont de plus cher, il est un bien précieux, un trésor promis aux hommes de bonne volonté; la paix, l'heureuse paix, cette compagne inséparable de l'innocence, cette paix divine qui réside dans la maison de Dieu vous est assurée; elle conservera vos cœurs et vos intelligences, et elle est au-dessus de tout sentiment, *pax Dei quæ exuperat omnem sensum.* C'est pour participer à ses inestimables effets, que vous avez désiré avec tant d'ardeur de vous consacrer au service des pauvres dans cette maison de Dieu, où l'amour de Dieu et du prochain réunit tant de vierges saintes dont les vertus sont un spectacle digne de Dieu, des Anges et des hommes.

Vos désirs vont être accomplis: voici le plus beau de vos jours; vous allez être admises au rang des vierges sacrées: que de satisfaction, que de grâces, que de bienfaits n'éprouverez-vous pas dans cet heureux état, si, toujours fidèles à votre vocation, vous remplissez avec exactitude les obligations que vous allez contracter! Les âmes saintes qui vous ont conduites avec succès pendant les jours de votre épreuve, vous ont fait assez connoître l'étendue de vos devoirs, et vous en sentez trop vous-mêmes le prix, pour qu'il soit nécessaire de vous les rappeler en ce moment. Je viens seulement, pour votre consolation et pour l'édification de cette assemblée, vous développer les avantages de votre consécration au Seigneur dans l'état que vous embrassez, ou plutôt ses heureux effets. Dans cette maison de Dieu, vous trouverez la paix du cœur et de l'esprit, parce que vous y trouverez l'innocence, cette paix qui est au-dessus de tout sentiment. *Pax Dei quœ exsuperat omnem sensum.*

Tel est le plan de ce discours.

Généreuses épouses de Jésus-Christ, tels sont les priviléges de votre vocation, et dont vous avez à vous féliciter. Ils ne peuvent qu'augmenter votre reconnoissance envers Dieu : puissent-ils exciter dans les personnes du siècle, témoins de votre dévouement, une jalousie salutaire, le désir d'imiter votre détachement pour en goûter les récompenses!

Mais pour obtenir tant de fruits, invoquons les lumières de l'Esprit-Saint, par l'intercession de Marie. *Ave Maria.*

Que la paix du cœur et de l'esprit soit un des plus solides avantages de l'état religieux; qu'elle en soit le complément et la réunion, c'est là, M. T. C. S., une vérité que les hommes du siècle ont toujours peine à se persuader. Comme ils font consister la félicité de cette vie dans la pleine jouissance des biens, des plaisirs, des honneurs et de la liberté, ils s'imaginent faussement que, sans cette possession, on ne peut être véritablement heureux. Peut-être même n'assistent-ils en ce jour à cette édifiante cérémonie, que prévenus de cet injuste préjugé. A la vue de ces vierges sages, prosternées au pied du sanctuaire, animées du désir sincère de la perfection évangélique et disposées à renoncer sans réserve à tout ce qu'elles ont et à tout ce qu'elles possèdent pour s'engager aux exercices laborieux

de la vie religieuse et hospitalière, ils s'attendris-
sent par une fausse pitié ; ils les plaignent par une
tendresse toute mondaine ; ils les considèrent comme
de jeunes victimes qui vont d'elles-mêmes se pré-
senter témérairement à l'autel et se livrer aveuglément aux mains du sacrificateur ou au feu du sacrifice. Ils regardent les vœux sacrés qu'elles vont
prononcer comme autant d'arrêts funestes qu'elles
porteront contre elles-mêmes. Ces mots *pauvreté*,
chasteté, *obéissance*, les choquent et les effrayent. La
prière, les veilles, le soulagement des malades les
rebutent et ne leur paroissent que les préludes d'un
pénible et rigoureux martyre ; ils craignent et ne
rougissent pas de dire qu'elles se repentiront un jour
d'avoir quitté ce qu'ils sont si heureux de posséder.

Ames mondaines, détrompez-vous ; apprenez que
c'est précisément de cette abnégation générale et
de la juste récompense que Dieu y attache que naît
cette paix religieuse. Par cette paix, je n'entends
pas une tranquillité oisive, un repos inactif dans
lequel l'âme se plonge et s'endort, où languissent
ses facultés et ses affections ; ni une paresseuse in-
dolence qui amollit le cœur, ou une stupide et froide
indifférence qui éteigne l'ardeur, le zèle et la pensée.
Non ; mais j'entends cette paix douce et chrétienne
que saint Augustin définit la sérénité de l'âme, la
tranquillité de l'esprit, la simplicité du cœur, le
lien de l'amour, la compagne de la charité ; cette
paix enfin qui vient du détachement universel de
l'âme religieuse et de la miséricordieuse bonté du
Seigneur à la maintenir dans cet état inestimable.

Vous le savez, Chrétiens, la source malheureuse
des différens troubles dont la vie de l'homme
est incessamment traversée, ce sont ses propres
passions. C'est une avidité insatiable qui l'em-
porte, une ambition demesurée qui l'entraîne,
un amour sensuel qui le consume, une envie se-
crète qui le dévore ; ce sont de vifs ressentimens
qui l'aigrissent, des inquiétudes cruelles qui l'agitent, des regrets amers qui le désolent, des tris-
tesses prolongées qui l'accablent ; de là ces alter-

(5)

natives dans ses projets, ces irrésolutions dans sa volonté, cette inconstance dans ses affections, ces changemens dans ses humeurs, ces révoltes et ces contradictions dans ses pensées, ces erreurs dans son esprit, ces bizarreries dans ses caprices selon les diverses circonstances qui se succèdent presque sans interruption : aujourd'hui dans l'espérance, demain dans le découragement ; maintenant dans une joie folle et immodérée, bientôt dans la plus sombre mélancolie ; le matin dans l'élévation, et le soir dans la disgrâce. Pénibles agitations, troubles continuels, vicissitudes inespérées et imprévues, vous serez toujours les fruits amers de la condition et des travaux des personnes du siècle ! Approchez toutes ; approchez même vous qui parmi elles vous jugez, vous estimez les plus tranquilles et les plus heureuses, et démentez, si vous l'osez, la vérité de ce tableau.

Approchez, vous qu'un hymen heureux a uni depuis long-temps, et dites-nous de combien de douleurs ce lien a été détrempé ; approchez, vous aussi qui naguère y avez été engagée, et dites-nous si vos espérances de félicité sont réalisées, si la fortune vous sourit, si déjà des larmes amères, des volontés trop absolues, des complaisances trop serviles, des soumissions trop onéreuses n'ont pas racheté et bien au-delà compensé les passagers et frivoles plaisirs que vous attendiez, ou empoisonné la paix que vous désiriez.

Heureuses donc et mille fois heureuses, M. T. C. S., vous que Dieu, par une miséricorde spéciale, appelle, choisit et adopte pour toujours dans un âge encore tendre, et soustrait à ce bruit tumultueux des passions ! Votre renoncement parfait aux richesses, aux honneurs, aux plaisirs et à l'indépendance du monde ôtant à ces ennemis cruels leurs amorces, et faisant disparoître leurs prestiges, va les faire mourir en vous, et procurer, par une suite nécessaire, une paix inaltérable dans l'esprit et le cœur, et par conséquent l'innocence. C'est alors, c'est maintenant que vous pourrez dire

avec la même vérité que David, échappé à ses ennemis : Le Seigneur a délivré mon âme de la mort
qui la menaçoit ; il a préservé mes yeux des larmes
dont ils alloient être mouillés, et garanti tous mes
pas des chutes que j'allois multiplier. *Eripuit ani-
mam meam de morte, oculos meos a lacrymis et pedes
meos a lapsu.*

Oui, M. T. C. S., que le mondain avide de
richesses travaille sans relâche pour amasser des
biens qui coûtent tant d'inquiétudes pour les con-
server, tant de soins pour les défendre, tant de
veilles et de fatigues pour les augmenter ; que,
sujet aux revers, aux traverses, il soit toujours
occupé ou de peines pour les recouvrer, ou désolé
de douleur de les voir s'échapper de ses mains pour
alléger d'autres maux qui le tourmentent, ou adou-
cir d'autres besoins qui l'environnent : vous, plus
riches dans votre pauvreté, vous reposerez tran-
quillement dans le sein paternel de la Providence ;
vous ne serez distraites ni par la vue du présent,
ni par la perspective de l'avenir ; votre bonheur
sera de n'avoir rien, de ne posséder rien, de n'espérer rien. Détachées de tout, vous ne ferez dans
votre abnégation ni restrictions ni réserves qui
vous rendroient coupables au jugement de Dieu ;
vous ne jouiriez ni des satisfactions des riches du
siècle, ni des consolations des pauvres de Jésus-
Christ ; et ce que vous réserveriez dans l'espérance
d'y trouver quelques délices, deviendroit l'instru-
ment de votre martyre. Assurées de la providente
charité du Père céleste, vous ne craindrez ni l'inconstance de la fortune, ni les injustices des hommes, ni les disgrâces personnelles, ni les renver-
semens de famille ; ne possédant rien de terrestre,
vous posséderez votre cœur, puisqu'il ne sera plus
tyrannisé par ces biens. Il en sera d'autant moins
l'esclave, qu'il en rejettera jusqu'au désir, dit saint
Bernard. Vous participerez aux richesses de la
maison de Dieu. Ne possédant rien, vous jouirez de
tout ; et ces trésors de la paix dans le temps et dans
l'éternité peuvent-ils être comparés à ceux qui dans

(7)

le monde ne traînent à leur suite que des troubles, des
désordres, des abus ou des remords ? En quittant vos
biens , vous ne faites proprement que les rendre à
Dieu, qui ne vous les avoit prêtés que pour en user
avec économie, sans vous y attacher. Le dirai-je
enfin , M. T. C. S. ? en quittant ces biens, en y
renonçant, vous imitez ces anciens athlètes qui,
avant de combattre, se dépouilloient de leurs vê-
temens et se dégageoient de ce fardeau qui étoit
pour eux un obstacle à la victoire.

Que le mondain ambitieux, mécontent de sa
condition ou de ce qu'il appelle une vie trop ob-
scure, aspire continuellement à une plus haute élévation ; qu'il sèche de langueur dans l'attente d'une
dignité ou d'un emploi qu'il convoite avec ardeur ;
qu'il tremble à la vue d'un concurrent qui, soit par
son mérite, soit par ses protections, soit même par
des mesures plus adroites, paroisse s'opposer à ses
succès ; que, semblable à celui dont parle le sage, il
s'asseoie chaque jour à la porte des Grands, sans
s'effrayer des rebuts, des mépris, des dédains aux-
quels il s'expose pour réussir ; qu'il trouve dans ses
démarches, toujours réitérées et toujours déçues,
la juste peine de son orgueil ! Humbles dans cet
asile, M. T. C. S., étrangères à toute autre grandeur qu'à la dignité d'épouses de votre Dieu, mais
élevées par l'esprit au-dessus de ce que le monde a
de plus flatteur ; cachées sous l'obscurité d'un voile,
mais éclairées des lumières de la foi ; inconnues
aux hommes, mais agréables à votre Dieu, vous
n'aurez d'autre ambition que de n'en avoir point,
d'autre prétention que de ne prétendre à rien ; vous
ne penserez à vous élever qu'auprès de Dieu. Il ne
vous faudra pour cela que l'autel et le crucifix ; là,
vous ne craindrez ni égaux jaloux qui veuillent
vous éloigner, ni maîtres impérieux qui vous rebutent, ni hautains protecteurs qui vous dédai-
gnent ; là, vous ne serez ni assujetties à de basses
complaisances, ni exposées à des démarches hon-
teuses ; là, vous n'aurez ni droits à défendre, ni
dignités à soutenir, ni concurrens à appréhender

Indépendantes de la faveur ou de la disgrâce des hommes, vous serez, dans l'exercice de la charité hospitalière et héroïque plus grandes que le monde et ses prétendues grandeurs que vous ne jugez pas dignes de vos hommages, puisque le monde méprise, repousse ou dédaigne le souffrant et le pauvre; et cette paix que vous goûterez dans la maison de Dieu, sera au-dessus de tout sentiment, l'avant-courrière de celle que vous goûterez dans le ciel..... *Pax Dei.*

Que le mondain voluptueux, esclave de ses sens, et enivré de l'esprit du siècle, s'abandonne aveuglément à ce qui le flatte, à ce qui le séduit, à ce qui le charme; que des objets frivoles en triomphent; que des plaisirs passagers le trompent; qu'il brûle un encens impur pour des idoles indignes de son culte et de son honneur; qu'il boive à longs traits dans Babylone le vin empoisonné qu'elle présente à ses coupables adorateurs; que souvent fatigué par ses excès et ses caprices, il gémisse en secret dans ses fers; et que, dans sa dure servitude, il pleure amèrement l'éloignement de la maison de son père et la perte des douceurs qu'il y goûtoit; vous, M. T. C. S., heureuses et paisibles arbitres des affections de votre cœur, sans autres liens que les nœuds sacrés qui vous attachent à Dieu et à sa maison, vous éprouverez les chastes délices du divin amour; colombes toujours pures, et portées sur les ailes de la charité, vous reposerez avec calme dans le sein de celui qui vous a choisies; vous repousserez les fades adulations du monde, ses éloges emmiellés et corrupteurs; disons mieux, ces outrages trop communs que les hommes du siècle ne cessent de faire à votre pureté comme à votre modestie virginale; toujours en garde contre leur perfidie, vous ferez un pacte avec vos oreilles et vos yeux; vous ne suivrez que les attraits de Dieu, votre époux et votre appui; vous n'entendrez que sa voix qui ne cesse de vous appeler sa bien-aimée, son épouse. Je dis plus, cette charité rassemblant pour vous autant de dignes amies que cette maison renferme de vierges saintes, vous n'aurez d'autre société intime et fidèle que celle de ces chastes compagnes ; et suivant l'expression de S. Cyprien, alliées aux Anges, *cognatæ Angelis*, l'ornement et la gloire de l'Esprit-Saint, vous ne rivaliserez que d'amour pour Dieu. Si les Anges sont auprès de son trône dans le ciel pour le louer et le bénir, vous assisterez sur la terre aux pieds de son tabernacle pour l'adorer et l'aimer : vous aimerez ces membres souffrans de Jésus-Christ ; et ces chastes délices ne seront-elles pas préférables à celles que goûtent péniblement et rarement les gens du monde qui, semblables à des esclaves, souffrent sans cesse dans leurs prétendues jouissances ? Quoi de plus délicieux en effet que la paix et la joié du cœur, que le calme des passions, que le repos de sa conscience ? Quoi de plus consolant et de plus doux que d'être préservé de la gêne insupportable de l'amour sensuel, de ces froideurs accablantes qui le suivent, de ces inquiétudes mortelles qui l'accompagnent, du risque continuel de l'honneur, de tous ces maux enfin qui ne sont que trop multipliés dans les établissemens les mieux assortis, où la diversité des humeurs, de l'âge, des intérêts, partage, trouble ou refroidit l'union des cœurs, et détruit le bonheur et la paix ?

Que le mondain si jaloux de sa liberté ne suive que les folles suggestions d'une imagination capricieuse ; que, livré à ses propres désirs, il soit en butte à toutes sortes de contrariétés et d'irrésolutions ; que, semblable à un frêle vaisseau que tous les vents agitent sur une mer orageuse, il erre au gré de ses passions et de ses fantaisies ; qu'il soit le jouet de sa volonté inconstante et volage ; que, comme l'insensé orgueilleux, il se glorifie de son indépendance ; et qu'ombrageux pour sa volonté, il ne reconnoisse d'autre maître que lui-même ! Plus libres que lui, vous jouirez, M. T. C. S., de la douce et tranquille liberté de l'esprit qui vous affranchira de la servitude et des lois rigoureuses du monde. Plus libres que lui, vous ne répondrez plus de votre propre volonté ; vous ne vous gouvernerez plus vous-même ; vous tiendrez votre liberté dans l'assujettissement et la dépendance. Plus libres que lui, vous obéirez ; mais en obéissant, vous ne suivrez qu'une volonté qui sera celle même de votre règle. Vous ne craindrez plus que les erreurs de l'imagination remplacent les principes d'une raison éclairée. Vous obéirez, mais vous serez assurées que votre obéissance sera toujours en harmonie constante avec le plan de vie que vous embrassez volontairement. Vous obéirez ; mais vous le savez, et vous l'avez heureusement éprouvé jusqu'ici, le nom de Supérieure est bien moins le titre pompeux d'une domination hautaine et sévère qu'un aimable et doux engagement qui l'assujettit elle-même à vos peines et à vos besoins. Vous obéirez enfin ; mais vous aurez la consolation ineffable de trouver dans l'obéissance la fin de ces affligeantes incertitudes toujours inséparables d'une volonté maîtresse d'elle-même. Vous n'aurez plus à craindre, comme dans le monde, une multitude d'ordres que dicte le caprice, une fluctuation perpétuelle entre le devoir, et la voix impérieuse de ces hommes qui souvent ne cherchent qu'à désoler la patience de ceux qui leur sont soumis. Si l'obéissance, dit S. Jean-Climaque, est une mort volontaire et le tombeau de la volonté, vous saurez qu'il est plus glorieux d'obéir que de commander ; vous saurez que votre pèlerinage sera sans écueil, et que transmettant à votre Supérieure le soin de vous diriger, vous lui transmettez la plus terrible responsabilité. Ajouterois-je enfin avec le Sage, que par cette obéissance vous n'aurez qu'à raconter un jour non un seul triomphe, non une seule victoire, mais une multitude de victoires et de triomphes : *obediens plures loquetur victorias.* Paix inestimable de l'esprit et du cœur, voilà le fruit que vous recueillerez dans cette maison de Dieu ! N'est-il pas au-dessus de tout sentiment : *pax Dei quæ exsuperat omnem sensum ?*

Que le mondain insensible aux misères de ses semblables ne voie dans cette maison de Dieu que ce qu'il appelle le vestibule du deuil et de la mort ;

que dans l'excès de sa mollesse son cœur se soulève à la vue du pauvre exténué par la souffrance ou par les plaies qui couvrent son corps; où que, nourri des principes de la philosophie du siècle, il ne parle que des maximes de l'humanité, et d'une bienveillance philanthropique, sans s'élever à ce qui fait de l'homme l'image de la Divinité ; que loin de chercher ici les pensées du jugement de Dieu, les méditations que commande le spectacle de la misère de l'homme, l'approche de l'éternité, il disserte froidement, et à l'aide de vagues conjectures et de systèmes plus vagues encore, sur les causes qu'il ignore, et les effets que souvent il n'observe pas ; ou enfin qu'il ne pense qu'à satisfaire une passagère curiosité, ou qu'il ambitionne de passer pour visiter et consoler les pauvres. . . . .

Vous, M. T. C. S., vous ne verrez, vous n'habiterez cette maison de Dieu que pour y trouver le spectacle consolant de la porte du ciel ; vous la montrerez au pauvre, en lui parlant de ses délices, en lui annonçant la couronne qui l'attend ; vous adoucirez ses maux ; vous fortifierez sa patience ; sans répugnance, sans dégoût, vous le visiterez ; vous essuierez ses larmes ; vous dissiperez ses ennuis ; à vos yeux il sera votre frère, votre ami, parce qu'il est membre de Jésus-Christ ; vos mains le toucheront sans le blesser ; vos voix calmeront ses douleurs et ses plaintes ; votre foi vous apprendra à ne chérir, à ne soigner que son âme ; vos services seront des bienfaits ; la grâce pénétrera peu à peu son cœur, et votre charité opérera une double guérison. La paix de Dieu en sera la récompense ; et voilà, M. T. C. S., comment cet état d'une parfaite pauvreté, cet état de virginité, cet état d'obéissance et de charité, va vous délivrer des chagrins, du tumulte et des troubles du monde. Voilà les bienfaits que vous procurent vos solennels et pieux engagemens. En faudroit-il davantage pour convaincre les partisans du siècle de la douce paix que vous allez goûter ?

Lumières sacrées de l'esprit de mon Dieu, que

vous êtes admirables, et qui osera vous comparer aux funestes et dangereuses sollicitations de l'esprit du monde? O douceur du joug évangélique, que vous êtes sensible à l'âme religieuse! Ni la violence continuelle qu'elle fait à ses goûts et à ses désirs, ni les fatigues des veilles, ni les combats fréquens de la chair contre l'esprit, ni l'assiduité prolongée dans la prière, ni l'exercice laborieux de l'hospitalité, ni les pratiques multipliées du travail et de la piété, ni les privations les plus pénibles, ni le renoncement à sa volonté ne l'arrêtent, ne l'affligent, ne la rebutent. Toujours heureuse dans ces combats, toujours constante dans sa vocation, toujours fidèle à ses obligations, elle trouve dans ces exercices toute sa félicité; et c'est Dieu, et Dieu seul, qui lui rend au centuple, même dès cette vie, tout ce qu'elle a offert en sacrifice pour suivre Jésus-Christ. C'est Dieu, et Dieu seul, qui récompense si généreusement celle qu'il a conduite lui-même dans sa maison pour la lui montrer comme la porte du ciel.

Amateurs du siècle, partisans du monde, ne me vantez plus l'étendue de vos domaines, les richesses de vos trésors, la douceur de vos plaisirs, la gloire de votre indépendance; ces vierges généreuses vous apprendront avec David qu'un seul jour passé dans la maison sainte du Seigneur, console et réjouit le cœur plus que des années entières passées dans les folles joies des pécheurs. Vous vous l'avouez souvent à vous-même en secret..., mais ce secret vous échappe. Au milieu de vos richesses, parmi vos grandeurs, au sein de vos plaisirs, nous entendons les gémissemens que vous poussez, les plaintes que vous épanchez, les regrets que vous soupirez; donc votre cœur ne connoît point la paix et le bonheur. L'état religieux est donc un sûr moyen d'obtenir l'un et l'autre; et j'ajoute que c'est l'état le plus propre pour vivre dans l'innocence. Encore, S. V. P., quelques instans, et je termine.

Ce ne seroit pas avoir une idée assez avantageuse de l'état religieux que de l'estimer seulement par cela même qu'il délivre des embarras et des sollicitudes.

du siècle. Cette estime pourroit être toute charnelle en naissant d'un faux amour de soi-même. Le plus glorieux apanage de cet état, et l'aspect sous lequel on doit l'envisager, c'est qu'il fait vivre dans l'innocence et la charité. Mais cette innocence, cette charité ne consistent pas seulement dans la fuite du mal, mais de plus dans la pratique du bien; et tel est l'abrégé de la morale évangélique; telle est aussi l'analyse de la profession religieuse.

Je ne m'arrêterai pas ici à vous prouver qu'elle donne des moyens efficaces d'éviter le mal, je crois l'avoir déjà prouvé. Voyons en peu de mots que vous y trouverez les occasions favorables de pratiquer toutes les vertus.

Ne pensez pas, M. T. C. S., que je veuille vous imposer par une exagération artificieuse des avantages de la vie religieuse, ou vous en offrir le tableau d'imagination! Malheur à moi, si, trahissant mon ministère, je déguisois la vérité! Oui sans doute, dans cette maison de Dieu, vous pratiquerez la vertu sans obstacle, mais non sans combat; car ne vous flattez pas que votre séparation du monde vous mette à l'abri de toute tentation. Le serpent a trompé le premier homme dans le paradis terrestre; le peuple de Dieu eut des ennemis à combattre dans la terre promise; Jésus-Christ lui-même voulut être tenté dans le désert. Le démon ne pouvant plus vous attaquer à force ouverte, va peut-être déployer tous ses artifices, et vous dresser tous les piéges que sa malice pourra lui inspirer. Le monde, oui le monde, comme pour braver votre piété, pour solliciter quelques soupirs en sa faveur, viendra quelquefois vous montrer ses attraits, vous parler de ses honneurs, étaler ses plaisirs, et relever l'éclat de ses joies et de ses fêtes. Mais qu'il vous sera aisé, couvertes des armes de la foi, de vaincre tous ses efforts et de déjouer ses complots mal concertés!

Pour y réussir, rappelez-vous alors ce que vous avez vu faire, ce que vous avez fait vous-mêmes dans cet asile saint avec tant d'ardeur durant la carrière d'épreuves que vous avez si dignement parcourue.

C'est un état, vous le savez, où la perfection n'est pas un conseil, mais un précepte, où il n'est pas permis d'être saint à demi, et où c'est une espèce de fragilité que d'être médiocrement vertueux. Là, on dispute non des dignités, mais de la charité; non à qui sera le plus grand, mais le plus pieux. Là, placées au milieu d'une société édifiante de jeunes vierges, on ne connoît d'autre affaire que celle du salut, d'autre alliance que celle de Jésus-Christ, d'autres richesses que la pauvreté, d'autre gloire que les opprobres de la croix, d'autres plaisirs que ceux de la bonne conscience, d'autre festin que celui de l'agneau, d'autre pompe que celle de nos autels, d'autres spectacles que ceux de la misère, de la souffrance et de la mort. Là, on ne fait usage de l'esprit que pour connoître et adorer Dieu; des sens, que pour les lui immoler; de la voix, que pour chanter ses louanges; de ses loisirs, que pour soulager l'infirme; de toutes ses facultés, que pour les consacrer au divin amour. Là, nulle pratique qui ne conduise à la vertu, nul conseil qui n'y excite, nul exemple qui n'y entraîne, nul intérêt qui n'y engage, nulle occasion qui n'y sollicite, nul motif qui n'y détermine. Là, on trouve des ressources dans toutes les peines, des remèdes contre tous les maux, de la force contre toutes les tentations, du courage contre tous les abattemens, de la fermeté contre toutes les foiblesses. Là, tout est mis en œuvre pour exciter, pour animer et pour entretenir dans tous les cœurs le feu sacré de la divine charité. Là, le tableau sans cesse renaissant des maux de la vie, les visites multipliées des souffrans, la pratique des œuvres de miséricorde, l'assujettissement au sacrifice journalier des répugnances, la distribution des remèdes, la vue des blessures, le hideux et toujours déchirant spectacle de la mort, l'activité d'une céleste hospitalité, qui n'est interrompue que par l'ardeur de la prière, les examens de chaque jour, l'assiduité au saint sacrifice, la dévotion à Marie, cette consolatrice des affligés, l'usage des sacremens, la vigilance, les exhortations des supérieurs, l'émulation réciproque; tout appelle les grâces les plus abondantes. Une foi éclairée et soumise à l'Église et à ses Pasteurs, produit les œuvres qui conduisent au salut. Tout inspire l'humilité de l'esprit et du cœur; tout en ranime la ferveur; tout porte à la sainteté et au sublime de l'innocence et de la charité.

Cette perfection, cette innocence, cette charité, voilà, M. T. C. S., ce qui fait le bonheur de votre vocation. Vous allez prendre place dans cet admirable sanctuaire où la justice et la paix s'embrassent; vos devoirs y seront grands, vos obligations étroites, je l'avoue; mais aussi que vos récompenses sont magnifiques! Dieu vous rendra libéralement fidélité pour fidélité, promesse pour promesse; vous vous détacherez pour lui de tous les biens de la terre, et il s'engagera à vous enrichir des trésors de la grâce et de la gloire; vous renoncerez à tous les plaisirs des sens; mais il sera votre époux, et en reposant sur son sein, comme saint Jean pendant la Cène, vous aspirerez les plaisirs de l'amour divin; vous porterez sa croix; il vous fera part de ses couronnes; vous lui soumettrez votre volonté, et il vous remplira de son esprit. Enfin vous vous donnerez entièrement à lui, et vous le posséderez tout entier et sans partage.

Telle est, M. T. C. S., l'excessive libéralité de notre Dieu; il vous tarde sans doute d'y participer. Achevez avec force ce que vous avez commencé avec ferveur; approchez avec confiance de l'autel sacré. Victimes volontaires, venez vous y immoler, et sous un appareil véritablement funèbre, venez mourir à vous-mêmes, pour ne plus vivre qu'en Jésus-Christ. Dites avec le prophète : Mon cœur est prêt, ô mon Dieu! mon cœur est préparé. Je vous offrirai mes vœux en face de votre Église, je m'offrirai moi-même comme une hostie vivante. *Paratum cor meum Deus, paratum cor meum.*

Et vous, fidèles épouses de Jésus-Christ, soutenez dans ce moment, par la ferveur de vos ardentes prières, ces vierges que vous avez édifiées jusqu'ici par vos exemples ; et vous, leur digne Supérieure, qui par votre vigilance et votre tendresse remplissez envers elles le doux, le respectable nom de Mère, aidez-les à prononcer, prononcez avec elles ces promesses saintes, afin que les bénédictions du Seigneur conservent et répandent la paix et l'innocence dans tous les esprits et dans tous les cœurs.

Pour vous, Chrétiens, que cette pieuse cérémonie ne soit pas inutile à votre salut ; ne soyez pas simples spectateurs de cette solennité ; et si, en voyant ces jeunes vierges tout quitter, tout sacrifier, mourir même pour ne plus vivre que pour leur Dieu ; si, dis-je, vous versez quelques larmes, entendez ce Dieu qui vous dit : Pleurez sur vous-mêmes, ne pleurez pas sur elles, *super vos ipsas flete.* Pleurez sur vos infidélités aux vœux que vous m'avez faits le jour de votre baptême ; pleurez sur vos égaremens ; et puissent ces larmes, fecondées par mon Esprit, vous rendre, par la pénitence, l'innocence et la paix, *super vos flete !*

Mais que fais-je, M. T. C. S.! je retarde, par mes foibles paroles, un sacrifice que vous êtes impatientes de consommer.

Dieu de toute consolation, Père des miséricordes, Pasteur éternel, agréez cette offrande ; répandez abondamment sur vos nouvelles épouses le secours de votre grâce ; animez-les du feu de votre amour ; que la charité, répandue dans leur cœur par l'Esprit-Saint, les soutienne dans leur vocation, la rende certaine, constante et immuable dans la pratique des bonnes œuvres, afin que cette maison de Dieu soit pour elles la porte du ciel, et qu'après avoir vécu dans la paix et l'innocence, elles soient, après leur mort, comme dit saint Augustin, fixées dans une heureuse immobilité de gloire et d'immortalité.

Amen.

DE L'IMPRIMERIE DE CRAPELET.

ŒUVRES

COMPLÈTES

DE BUFFON,

AVEC LES SUITES

PAR M. LE COMTE DE LACÉPÈDE.

précédées

D'UNE NOTICE SUR LA VIE ET LES OUVRAGES DE BUFFON,

PAR M. LE BARON CUVIER.

PLANCHES.

À PARIS,

CHEZ LECOINTE, LIBRAIRE-ÉDITEUR,
QUAI DES AUGUSTINS, N° 49.

1830.